• 김철진 作 _ '춘심이'

지금
보고
싶다

지금 보고 싶다

초판인쇄 | 2021년 12월 25일
초판발행 | 2021년 12월 30일

지 은 이 | 조현정
펴 낸 이 | 배재경
펴 낸 곳 | 도서출판 작가마을
등 록 | 2002년 8월 29일제 2002-000012호
주 소 | 부산광역시 중구 대청로 141번길 15-1 대륙빌딩 301호
   T. 051248-4145, 2598   F. 051248-0723   E. seepoet@hanmail.net

ISBN 979-11-5606-187-8 03810   정가 10,000원

※ 본 시집은 한국예술복지재단의 디딤돌 창작기금 지원을 받았습니다.

ㅅㅅ/ 한국예술인복지재단

지금 보고 싶다

조현정 시집

도서출판
작가마을

詩의 열정이

선한 영향력으로 깨어나

행복한 울림이 되기를…

꽃보다 아름답고

바다보다 깊은 사랑

울 엄마 김선이 여사님의

팔순을 맞아

큰딸이 피아노 연주하듯

첫 시집을 바칩니다.

지금 이 순간의 마법으로

늘 행복하시기를…

2021. 12.

조현정

조현정 시집

차례

제2부
운명이다

조현정 시집

차례

제3부

꽃, 나무, 숲······ 깨어 있다

지금 보고 싶다

제4부

사람 人, 사랑 ..... 앞서간다

지금
보고 싶다　　　조현정 시집

제1부

● 보고 싶다

보고 싶은 마음을 꺼내면
밀려가도 다시 밀려오는 파도처럼
밑도 끝도 없이 출렁일까 봐
그동안 꾹 꾹 뚜껑을 닫아 놓고 있었나 보다

카페 고니에서

상처 난 마음 부여안고
디크레센도로 잦아드는 심장이
무겁게 한 발짝 내디디면
미소가 노랗게 터지는
여인이 걸려 있다.

사진 찍을 때마다
고개를 한쪽으로 기울어
해맑게 웃는 그녀랑 꼭 닮았다

외롭지 않으려 받아들이고
춥지 않으려 안았는데
엄동설한에도 꼭 끌어안은
연리지 부러워 널 품었는데

은빛 갈대 파도 타던
그리움 튕겨져 나오면
고개 기울여 사진 찍던
그녀의 웃음소리
노란 노을 품은 웃음소리.

지하철 연가

그대와 걷던 지하역
길 위의 흔적
나 없이 그대도 지나갔을 그 길
바닥엔 무수한 역사가 찍히고
닦고 닦여도 없어지지 않는
추억의 그림자는
보이지 않는 공기 따라
지들끼리 놀고
무채색 그리움은
동굴 속에서 뒤척이는데
두리번두리번
견우와 직녀처럼
애타는 그 마음
지하철 타고 흐르다
어느 날 우연히 마주친
같은 시각 같은 열차 안
동공이 활짝 열려
수줍은 꽃봉오리처럼
그 입술 열린다
어

어
하하하
첫마디는 감탄사
무수한
사랑을 싣고 달리는
지하철이다.

기다림

어릴 적의 기다림이
밝은 노랑색이 되었다가
연두색으로
분홍색으로
지금은 하얀색
어쩜 색이 없어져가고
있는 건지도 모른다

기다림의 설레임이
아픔으로도 변한다는 걸
몰랐을 때가 좋았다
아픈 만큼 성숙해진다는
노래 가사가 미워진다

길을 걷다가
발 등에 떨어진 은행잎 한 장에
문득 떠오른 얼굴
보고픈 마음에
눈물샘이 솟는다

돌아보면 하얀색 그리움으로
기다림은 투명하게 앓고 있었고
세상 모르고
하염없이 기다리던
그 열정
새로운 길을 나서고

장마

보물 찾기 하듯
헤매는 일상
그 행복이라는 게
멀리 숨어있는 것도 아닌데
진절머리 나도록
흘러가는 구름이 다 내 것인 양
한숨 쉬고
번개 치듯 아득해지는
현기증 나는 여름
무엇이 그리 그댈 힘들게 하는지
예쁜 생각만 하자고 해도
눅눅해진 이불솜처럼
안타까움 눅진하게
흙바닥에 내려앉는다
장맛비 그치고
살짝 짓궂게 윙크하는
해님을 본 듯
억지로라도 웃어 제껴보라는
능소화의 미소에
가뭄으로 갈라졌던 농심

시원하게 따라 웃는다
빨래만 하면 비 온다고
투덜대던 그녀
원추리 미소처럼 수줍게 웃는
장마철이다.

입동

바다로 간 고독이
에스프레소로 드러누워
하얀 크림으로 이불 덮으면
동장군이 옛 이야기
데려 오더라

계절이 여러 번 고이느라
눅눅해진 옷장
뽀송히 말리느라
11월이 분주해지면
낮게 내려 앉아 도망가는
햇살의 꼬리 붙잡아오더라

시린 손 호호 불며
붕어빵 사연을 입에 넣으면
첫사랑 이야기로 수다 떠는
텅 빈 벤치 위 낙엽들
겨울이
그립다고 느닷없이 오더라.

한여름 밤의 꿈

고단한 눈꺼풀도
가볍게 열어주는
해 맑은 기운
잠결인지 꿈결인지
풀어놓은 금붕어처럼
헤엄 치고 있다
올려다보면
공작새가 봉황 되어 날고
저 멀리 무지개
오작교에 자리를 깐다
꿈꾸다 놓친 니 모습
꿈속 다정함에
날 깨우는 목소리
꿈인 줄만 알았네
꿈길 밖에 길이 없어
꿈에서 나오질 못하네
니가 따 준 네 잎 클로버는
내 머리맡에서
출구 없는 꿈길 따라
우아하게 흐르고

사랑

꽃이 내가 될 수 없듯
내가 꽃이 될 수 없는
사랑이란 미로의 술래잡기는
멈출 줄 모르고
온 전신을 감싸고도는
애증의 향기
현기증 나도록 아득하여라.

안달 나서 두근대는
땅의 심장을 다독거리듯
봄비 내리고
꽃비도 내리고
그대 가슴에도
눈물이 스며드네

참지 못하면 달아날라
달라붙으면 달아날라
이러지도 저러지도 못한 채
그저 뜨거운 불덩이를
껴안고 섰는데

〉
진득하니 곁을 지키고 있던
그리움이
눈물 되어 식혀준다

바람의 손길로
꽃잎 하나하나에 사랑을 담았는지
하늘의 눈물로
새순 하나하나에 사랑을 뿌렸는지

온 세상이 어머니의 웃음 같은
사랑 빛깔로 물들고
그대 가슴에도 첫사랑의 미소처럼
용서와 이해의 꽃이 피어난다.

낙엽

덩그러니 놓여있는
벤치 위로
낙엽 하나 사뿐히 내려앉았다
봄날의 새순처럼
보드라운 기억 하나
붉게 익어
다시 올 그날을 기원하며
나지막이
행복의 바람 타고
제일 낮은 곳으로 겸허하게
땅 위에 드러누우니
텅 비어 가는 나뭇가지
외롭지 않게 새들 날아와
긴 겨울
나무와 동거할 거라고
떠나는 잎에게 위로의 말
다정히 속삭여주고 있다.

가을바람이 전하는 말

은행이 한 알 두 알 뛰어내리고
이파리도 하나 두울
사뿐히 내려앉는다

엄마 품 같은 대지로
모두 다 폴짝 안기는
가을 끄트머리에
바람에게 물어보는
사랑의 의미

별님 내려오고
달님도 내려와
반짝이는 은빛 휘장 입혀도
쓸쓸해하는 가을 밤바다

사랑은 원래
낮은 곳으로 흐르는 거라며
모든 것 다 주어도
아깝지 않은 거라며
바람이 살짝 귀띔 해주고 간다.

사랑한다면, 이들처럼...

봄꽃 잔치 열리는
벚꽃터널 지나가다
이끼에 앉은 꽃잎 한 장
입으로 부는 척
뒤에서 껴안고
입맞춤하고

여름 소나기 쏟아지면
하나 뿐인 우산 핑계 삼아
깔깔깔 간지럽게
입맞춤하고

노랗게 가을이 적시는 날엔
은행나무 곁에 앉아
은행잎 하나 주워
사랑해랑 하트 그려 넣으며
입맞춤 하고

첫눈 내리는 겨울날엔
약속장소로 달려와

함박눈 미소로 부둥켜안고
입맞춤하는
사랑,

사랑한다면,
이들처럼....

8월의 시

8월은
간지럼 태우면
자지러지게 웃는 백일홍

타는 햇살 걸러
진분홍 옷으로 갈음하고
어지러이 춤추는 연정
자세히 보아야 보인다더니

만지고 싶고
훔치고 싶은
보드라운 입술

백일홍 닮고 싶어
행복한 웃음 머금은 채
가을로 숨어 흐르는
8월은

보라빛 포도알
연분홍 복숭아로

단내 나는 연서를 쓰고
익어가는 곡식들은
화려한 외출을 준비한다.

비가 내리면

비가 내리면
빗방울 장단에 춤추는
바닷가에 가서
그대랑 비 맞고 춤추고 싶다

비가 내리면
숲속 커단 잎에 숨어 든 풀벌레처럼
그대랑 커단 우산 속에
꼬옥 숨고 싶다

바닷가 오랜 찻집 담쟁이 넝쿨
하트 그리며 하늘 향해
기지개 켜면
우리는 창가에 앉아
차 마시며 사랑을 속삭여야지

비가 내리면
꼭 만나야 하는 연인처럼
비랑 어울리는 노래를 흥얼거리며
감미롭게 다가오는 그대 앞에 서면

나는
세상에서 제일 행복한 달팽이가 된다.

황령산에서

이른 아침 산에 오르며
마셔보는 맑은 공기에
당신의 얼굴이 떠오릅니다

중천에 뜬 햇살에 더워지며
흘러내리는 짭조름한 땀방울에
당신의 뒷모습이 떠오릅니다

구름 속에 숨어 빼꼼 고개 내미며
보름 달이 광안대교 불빛인 양 함께 노닐면
파도 타고 실려오는 갯내음에
당신의 부드러운 속살이 떠오릅니다

맨얼굴에 분칠하듯 요동치는 땅
흙먼지가 분가루가 되어 세상을 뒤집으면
타는 사랑 숨길 곳 없어 눈물이 되어
속속들이 적시는 비
당신은 작아져도 커져가는 사랑입니다.

겨울비 내리는 프라하 카페에서

겨울비 내리는 어느 날
딸기 꽃이 지쳐 딸기가 되어
카페로 시집오면
딸기 와플, 딸기 쥬스,
우유와 만나면 딸기 라떼.
꿀꿀한 날엔 달콤한 게 최고라지
마지막 남은 잎이 지쳐
비와 손잡고 낙엽으로 뒹구는
거리의 낭만은
오늘이 지나면 내일이 되는
꿈은 꿈으로 그려지고 사라지고
그리운 이의 소식은
우주여행을 꿈꾸던
그 때 그 순간에서 몇 십 년이 지나도
세상의 닭장을
박차고 나올 줄을 모르고
죽을 때 철든다더만
죽어야 사랑이 이루어질 런지
지치고 지쳐서
노래가 시가 될 런지
내가 숨어야 네가 올 런지.

거울 앞에서

거울이 운다
가을비 내리듯
거울 안에도 비가 내린다

시린 날들을 지우고
웃을 날들을 그리며
주름을 펴본다

곱게 자라 익숙하지 않았던
모든 낯선 것들에의 반항
미운 오리 되지 않으려고
발버둥 쳐 왔던 젊은 날들

불의엔 타협하지 않고
외로움의 강물에 익사하지 않게끔
숱한 나날들 함께 해 준
고마운 벗과 자연
그리고 피아노와 한 잔의 커피

거울 앞에 서서

감사를 담아
엄마 미소로 웃어본다.

감나무

코끝이 찡하게
싸한 그리움 차오르면
문득 감나무 가지사이로
하늘을 올려다본다.

풋내 나던 무명의 고뇌를
가지 쳐 내고
익어서 붉어진대로
뜨거운 사랑을 주렁주렁 매단
나이 든 감나무의 깊은 사모곡
푸르기 그지없는
하늘 향해 손을 내민다.

푸른 눈물 떨어질 찰나
눈이 부시게 밝은
태양의 긴 장대 내려와
감 하나 툭 치니
까치 한 쌍이 날아와
훔쳐 먹는다

〉
마디마다 고여 있는
생존의 흔적들
어머니 깊은 한숨 같은 구름이
떨어지는 감잎 타고
세상을 비워내고 있다.

구름과 비

그늘진 아랫동네
배고픈 한숨 모아
바람의 사포로 밀고
하얀 서러움 바르고
잘 말려서

양떼 문양 오려 보고
솜사탕 그림도 오려
흰색과 회색을 칠하면
구름집이 생긴다.

기대고 싶을 때마다
구름집을 짓는다.
집을 지을 때마다
걱정 근심 하나씩 가두는 대신
사랑도 한 스푼 넣어 두어야지

어디서 왔을까
더 높은 곳에서
구름집 살포시 껴안고

단비로 변신한 큰 사랑
가물어 갈라진 가슴들을
촉촉히 적시고 있다.

감사

오곡백과 무르익어
감사의 차례를 지내는
한가위 날

너도나도 보름달처럼
둥글게 빚어 본
송편 같은 미소로
방실방실 익어가는
감사의 계절

좋은 생각 좋은 행동으로
사랑하고 사랑받는
예쁜 가을을 소망해보는
엄마의 소박한 기도가
차례상에 차려진다

기도의 말 씨앗이
뿌리를 내려
준 것은 잊어버리고
받은 것만 기억하며

은혜 갚고 배려하는

아름다운 가을.

우포늪에서

닿고 싶어서
닮고 싶어서
너를 향해
뻗어 보는 그리움

잡히지 않는
오랜 그리움 삼키니
피 같은 꽃이 되어
너를 부른다

태곳적 못다 한 인연이
사모곡 되어 부르는
그 늪에서
화석이 되어버린
나무야

어미의 가슴으로
세상을 품었을
아리따운 마음으로
참사랑 기다리며 지키는
우포늪 영혼.

제2부

● 운명이다

우린··· 서로가 운명이다···
운명이 우릴 선택하기도 하고···
우리가 운명을 선택하기도 한다면···
넌 그 운명을 어떻게 하고 싶니?

슬플 때 사랑한다

- 용잠화의 꽃말

뼈에 사무치도록 아픈
이별 아닌 이별이 존재 한다는 게
견우와 직녀의 마음
같은 것이었을까
끝갈 데 모르고 시작한 사랑
그 끝이 낭떠러지어도
용감히 몸 날려
진흙탕 바닥에 닿아
절망 딛고 다시 기어오르는
불멸의 튼튼한 사랑이
그리웠는지도 모른다
타의에 떠밀려
영영 가버린 줄 알았던
슬플 때 사랑한 그대
오작교 다리 밟고
사랑이 온다
진정한 사랑은
슬플 때 사랑
행복 머금은 미소로
그대가 오고 있다.

봄에게 보내는 연서

분홍이 짙어가는 아찔한 자태에
어지러이 흔들리는 마음
뻣뻣하게 바로 세운 갈등의 심장은
부드러운 봄 입김에 어쩔 줄 모르고
얼어서 열리지 않던 메마른 입술은
하이얀 목련의 손짓에 입을 열고야 만다

이제는 나약해지지 말아야지
더 이상 봄에게 휘둘리지 말아야지
한 걸음 두 걸음 따라오는
맑고 청아한 봄의 노래에
또 다시 돌아보며 장단을 맞추는
거절하기 힘든 봄의 유혹이여.

홍매화 1

그리움 눈 둘 데 없어
오랜 절 뜨락에 내려 앉아
차디찬 하늘 향해
혈관으로 애달프게 나르는 순정
의연히 다리 버티며
열정도 퍼 올리고
참았던 눈물의 촛농은
알알이 기도가 되어
팝콘처럼 퍼질러지던
어느 날
비로소 벙그는 분홍빛 환희
봄이 왔노라
대지가 풍악을 울리면
분홍빛 쓰개치마 두르고
고개 내미는 여인들.

홍매화 2

첫사랑 잡지 못한 아쉬움
차곡차곡 개어 놓고
아래로 아래로 침잠하는 만다라
더 이상 갈 곳 없어지면
딱딱한 철벽 속 한숨 덩어리를
부드럽게 간지럼 태우면
뚫고 또 뚫고 나오는
씩씩한 결백
보드랍게 만개하는
꽃 분홍 해탈.

꽃과 바람

가만히 눈을 감으면
부드럽게 속삭이듯
들려오는 음성
엄마처럼 어루만지는
달콤한 손길에
눈 떠 보면
암 것도 보이지 않고
그윽한 꽃향기
바람과 노닐고 있다

사뿐히 걸어와 풀밭에 앉은
아가의 맑은 눈동자
방실 웃는 꽃에
꼭 박히고
나풀거리며 끼어든
하얀 나비
아가의 어깨에 앉았다가
꽃에게로 간다

바람이 함박 미소 날리니
꽃은 향기로 하늘거린다.

5월

밤새 내려 온 별꽃들이
찔레꽃으로 피어나는
숲속 한낮
연초록 순수한 사랑은
초록으로 깊어져가고
터질 듯 부푼
붉은 젖꼭지
산딸기이름으로
세상을 수유한다.

벚꽃 터널에 들어서다

그곳에 들어서면
콘크리트에도 분홍이 스미고
울보 아가 같은 새순은
함박 미소로 앙증맞다

울적함에 발걸음 천근이어도
스스럼없이 들어서면
저절로 분홍 빛살 퍼지는
마음 속 어두운 방

놓지 못해 한 줌 지니고 있던
모래주머니 그리움
달무리 지듯
미련은 잦아들고

차라리 나를 밟고 가라던
영변의 약산 진달래마냥
발길에 채이는 꽃잎
사뿐히 짓밟고 가도
허허 웃어 젖히는
벚꽃 잎.

찔레꽃 1

마흔하고도 일곱을 먹어서야
너를 처음 알았다
이 산 저 산 누비던
나를 보며
널 몰라 봤으니 참 서운 했겠다

흰 얼굴만 있는 줄 알았더니
붉은 얼굴도 있더라

첫날 밤 약주 한 잔 머금은
새색시 같은 어여쁨에
두 눈 둘 곳을 몰라
먼 산 올려다보면
심장을 찔러대는 아찔한 향기
미치고 미치겠다

그래
미안한 마음에
나는 찔리고 중독되어도
이제 너를 알았으니

진한 그리움의 향기로 번지는
너의 마음 얻을 때까지
밀어내도 버텨야겠다.

찔레꽃 2

내게도 향기가 있는 줄 몰랐다
아픔 먹고 돋아난 가시
누가 다가와도 철벽 치느라
내게도 향이 나오는 줄 몰랐다

얼마나 더 많이 아파하고
얼마나 더 많이 외로워야
절로 돋은 가시 부드러워질까

오월 푸른 하늘에
새 잎 더욱 색을 더해 가고
꽃잎은 고독해서 아름다워라

엄마 품 생각나는
숲속 옆구리에 모른 척
그리운 임 떠올리며
아찔한 향으로 하늘 찔러 보는
새침 떼기.

능소화 1

짝사랑 씨앗 하나
머물 곳 찾아
여느 집 담 밑 뜨락에 숨어
슬며시 하늘을 치어다본다
애달픈 가슴으로 싹 틔워
나무에게 기대어 보다
담벼락에도 안기어
오르다 오를 곳 없어지면
비로소 벙그는 주홍빛 환희
꾹 참았던 가슴앓이처럼
알알이 흘러내리는 사랑
여름날의 골목길
애잔하게 울리고 다닌다.

능소화 3

차라리 잊어버리지
첫날 밤 첫 연정
그게 무어라고
그러려니 잊어버리지
너는 첫 마음이래도
그는 아니었으리

돌고 돌아 그 마음
다시 오리라 믿은
미련한 사랑
구중궁궐에
깊이 심은 너의 사모곡

죽어서도 그 향기
주홍빛으로 아리네

차라리 잊어버리지
가슴 베이듯 아픈 외사랑
그는 처음이 아닌데
그는 사랑이 아닌데

능소화 4

넘어지고 까이다가
속살이 타들어간다
가만있어도 타는 가슴에
소식 없는 희망은
얼음 날 같은 채찍 되어
기대의 등짝 후려치니
아픈 팔로
아래로 기어 내려가도
알량한 미련
꽃으로 날아오른다.

가을이 오면

　- 9월

가을이 또각또각
맑은 발걸음 소리로 오시면
그립던 사람 맞이하듯
행주치마 맨발로
얼떨결에 마중 가야해요

가을이 바람 타고
가슴 벅차오르게 하는
아름다운 음악처럼 오시면
곱게 단장한 설렘의 음표들은
무심코 단풍잎이 되어야 해요

세상의 모든 번뇌 다 가진 양
시름하던 그 날의 기억도
가을이 오시면
노랗고 빨갛게 채색되어지고
무겁던 걱정거리도
낙엽처럼 놓게 되어요

드높이 푸르른 하늘처럼

맑고 깊어진 내 마음으로
가을이여 예쁘게 걸어오세요
붉은 홍시처럼 잘 익은
그리움 하나 꺼내어
웃으며 안아드릴게요.

가을의 문턱에서

하늘 우편함에서
가을 노래가 들려온다

가만히 다가가
손을 뻗으면
달리기만 하지말고
멈추어도 보라고
양떼구름이 쉼표처럼
가슴 간질인다

살짝 예뻐진 은행나무
은행 음표를 흔들며
합창하면
포플러 햇살 장단에
어깨 춤 반짝인다

가을이 오는 문턱
가슴 깊이 박힌
어머니 못다한 사랑 노래
익어가는 벼로
황금빛 수채화를 그린다.

예쁜 가을

가을은 참 예쁘다.
봄도 예뻤지만
가을은 하늘이
그녀의 마음처럼 정말 아름답다
그리움이
코스모스로 와서 노크하면
바람 따라 어디론가
사라지는 낙엽처럼
나도 가을이 되어
억새 파도 타고
친구에게 가고 싶다.

우리 가을은

귓가를 간질이는 그대 목소리에
설레임 맺힌 마음 뜨락
밝아오는 가을 햇살에
꼬옥 끌어안는 숨결

밤새 반짝이던 별 밭에서
보석처럼 주고받던
내밀한 언어는
어둔 밤 촉촉이
피어나던 연정

가로등 불빛 아래 그림자마냥
서로를 읽는 마음
꼭 손잡고 다니니
단풍잎 홀로 떨구는
서늘한 고독이 스며도
염화미소로 노래한다.

겨울 별

가을 날 별 보다
겨울 날 별이 더 반짝임은
추운 거리
시린 마음
절망에 허덕이는 사람들에게
따스한 빛으로 스며들어
손 난로 만큼이라도
뎁혀 주고픈
하늘의 마음이란다
울고 싶지 않아도
울컥 솟아나는 서러운 기억
그 등을 토닥이며
빛으로 숨어 들어가
절망은 끄집어내고
희망의 싹 몰래 심어
소소히 피어날 행복을
조금이나마 선물해주고픈
하늘의 마음
별은 추위를 등에 지고
따스한 빛을 내려 보낸다.

3월

봄비 느낌에
이른 아침 눈 떠 보니
하늘 해맑게 푸르고
불퉁했던 마음도
흐르는 구름처럼
풀려져 있다.

얼음놀이 하듯 멈췄던 사물들
제 자리 찾아주는
주인의 부지런한 손끝 따라
흐물흐물 마지못해 기지개 켜고
헝클어진 그림자들도
빛을 향해 다시 정렬

그렇게 순리대로
오가는 눈빛 속에서
뭉클 피어나는
아기 봄의 숨소리
설렘 경고등을 켜며
곱게 물들이는 3월이다.

꽃피는 봄 사월

이 봄
꽃잎 낱알들이 눈처럼 떨어지니
붕 떠 있던 마음
내려앉는다
그동안 걸어 온 길
되돌아보게 하는
가슴 처연한 낙화
꽃처럼 스러져 가는
우리의 젊음
아픈 다리, 허리 쭉 펴고
디뎌보는 오늘
다시 꿈이 핀다

연둣빛 새잎이 돋는 줄은
나도 몰랐다.

지금
보고 싶다　　　조현정 시집

제3부

● 꽃, 나무, 숲 …… 깨어있다

그리움은 기억의 등에 업혀 세월을 건넌다
등 돌리면 뒷모습이 아프다
허무하지도 즐겁지도 않다
살아있음과 죽음의 경계가 궁금하다

너는 나의 봄

살다 지쳐 눕고만 싶어질 때
걷다 지쳐 앉고만 싶어질 때
스르르 눈 감겨오며
물 적신 솜보다
세상이 더 무거울 때
하늘빛, 물빛으로 걸어오는 너
방금 건져 올린
싱싱한 새벽 공기 머금은
행복한 심장
꽃술로 정화수 콩나물을 만들어
분홍빛 설레임으로 연주 하면
아
등 뒤에서 꽈악 안아주는 이음줄

너는 나의 교향악
너는 나의 봄.

은행나무 옆에서

언제쯤 멈추어질까
가슴 아려오는 사모곡
숨이 턱에 차도록
달려온 나날들이 눈에 선한데
자꾸만 밀어내는 가을
깊게 박힌
애증의 사리를 떨구려고
천의 얼굴을 가진 바람 따라
길을 나서네

푸르렀던 젊은 날의 열정
노을처럼 사위면
끝내 다 비워 낸
노란 무욕의 보드라운 손짓
가야할 때가 언제인가를
아는 사람처럼
햇살을 닮은 미소로
보고도 못 본 척
듣고도 못 들은 척
화석 같은 사연들로
사뿐히 내려앉는다.

이별 1

얼마나잘놀다가시길래

작별인사한마디없이

훌쩍가십니까

남은사람가슴먹먹해져

아픔요동치는데

그리움이뭔지

이별이뭔지

애써안가르쳐줘도됩니더

뭐한다꼬일부러

놀래키고가십니까

꽃피는봄이오고

땀나는여름와도

아무렇지도않은척

걸어가는요즘입니다

가슴에한겹두겹

철갑나이테로두른채

오직

그대미소만생각할랍니다.

이별 2

가슴에 품은 사랑이
한숨이 되어 무거워질 때
술 한 잔에 꺼내어
안주로 내려놓는다

가야만 하는 그 길에
발길이 떨어지지 않는다면
돌아보고 멍하니 섰다가
다시 가도 좋으련만
앞만 보고 가라한다

헤어짐은 또 다른 만남
예고하는 거라 하지만
이렇게 아픈 거라면
만남도 이별도
다 놓아버리고 싶다

본래부터 없었던 거라
돌이켜 생각하니
떨어지는 단풍잎 하나에도

구르던 눈물방울
다시 올 봄날의 영양제 되어
날아오른다.

2021년 마름달에
– 위드 코로나

새초롬히 밝아오는
이른 아침
밥심으로 사는 일꾼들이
하루를 먼저 연다

낙엽들이 드러누워
미련하게 시위하는 동안
버려진 마스크는
주인의 입 냄새를 그리워하고

빗줄기 겨울로 달리면
시옷자 그리며 흥겹게 날던 철새
숲으로 숨어들어
겨울 채비 서두르는
어머니의 시선에 멈추고

코로나 창궐로
눈빛으로 이야기하던
마스크 군단의 절규
마름달 어느 날

꾸역꾸역 날개 편다

강강수월래
강강수월래
색동으로 퍼져나가는
발걸음도 부푼다.

좋은 걸 어떡해 2

눈 감아도 웃고 있고
잠들어도 빙그레
보약으로 가슴에 숨어든
참 좋은 사람아

책 속의 활자가 튀어나와
내게 안기려 발버둥 쳐도
먼저 온 손님처럼
얌전히 기다려주는
참 좋은 사람아

물기 젖은 마음 자락
산들바람으로 말려주고
넘치는 그리움
뽀송한 낙엽으로 닦아주는
참 좋은 사람아

이러나저러나
좋은 걸 어떡해

보름달

보름달 둥근달
동산 위에 떠오르던 달
그 동산 깎여 나가
아스팔트 도로. 아파트 들어선
그 동산에서 노래하던 동무들
뿔뿔히 흩어지고 없고
어드메 가야 흔적 있을까나
동무여
그리운 동무여
달마다 돌아오는 보름날
술래잡기 그만하고
아리랑 춤추고 나온내이

깨어보니
물 담은 세숫대야 속에
태극 모양 입술로
웃고 있는 동무.

그리운 날이면 문득 그 카페에 간다

우울한 날
찻집 창가 앉아
아무 기약 없이 멍 때리면
불쑥
반가운 친구가 오면 좋겠다

해 그림자 길게 드러누울 때
그저 습관처럼
발길 닿는 대로 오다 보니
그냥 왔노라
그대 멋쩍게 웃으며 들어와
아포카토 주문하면

후다닥
그리움 그리며 긁적인 낙서
얼른 숨기고
살포시 책 펼쳐 놓으리

말하지 않고
보이지 않아도

떨어져 지낸 간극만큼
지천명
세상 시름 다 잊고
하늘의 뜻인 양 자연스레
덤으로 마주하는
오붓한 시간

해 그림자도
그런 달콤한 장면이 그리워
그댈 이끌어 줬나보다
옆으로 다정히 앉아
주고받는 염화미소에
우정의 꿈이
들불처럼 번진다.

윤회의 강

언제나 똑같다
나도 똑같고
더하기 빼기

밀고 당기고
그럼에도 놓지 못하던
우리

억만 겁 돌고 돌아
힘들게 섞은 살
어긋나도 다시 오는 살

또 얼마나
수억 겁의 강을 건너야
진실한 연으로 안을까

도망가는 연에게서
벗어나
걷고 걸어서 잠시 멈추면
놀리듯 내 앞에 나타나

〉
등 뒤에서 맨발로 웃는다
숨고
찾고
끝없는 숨바꼭질.

수화

세파에 지친 한숨이
책장을 넘기며
책 속을 적시는 날
안경너머로 훅 들어 온
손으로 말하고 듣기
순간이동으로
나는 행복의 강을 건넜다
번뜩이는 지혜의 샘을 지나
다다른 경건한 세상
손꽃으로 소곤소곤
눈빛으로 초롱초롱
아파도 아름다운
속삭임.

어느 기다림

시간을 길바닥에 버리는
감정을 길바닥에 토하는
두근두근 설렘인지
버리지 못하는 오랜 습성인지
길들여진 결과물인지
사랑에 빠진 바보는
그 바보를 닮은 멍청이를
해 뜨고 해지도록
제 몸 바스라지는 것도 모른 채
기다리고 또 기다리고.

바람부는 들녘에서

삶의 마디마다 고여 있는
생존의 흔적들
바람 한 가닥 소리 없이
슬픔으로 가라 앉는다

진심을 다한 정성에도
칼날을 휘두르던
역풍 같은 회오리 배신
온 들녘을 다 휘젓고도
모자라
바닷 속을 엎어버리고
허연 거품 물고 나동그라져
드러누워도
태양은 변함없이 비추는
들녘에 서면
나는
말달리던 시절의
신화 같은 주인공이 된다.

국궁장에서

인연을 맺는다는 건
우주 만물 분의 일만큼
낮게 내려 앉아 도란거리는
모래 한 알끼리의 만남
타임머신 오가는
순간의 기적

산바람 파도를 가르는 소리에
떠밀려온 발걸음들
두런두런 활터에 들어서면
산 바다가 떠드는
말 달리던 시절의 옛 이야기가
화두로 피어올라
화살 되어 춤춘다

바보 온달과 평강공주의 전설은
철마다 때때옷 갈아입고
한 발 한 발 과녁에 꽂히는 화살은
소리 없는 함성과 환대로
별로 뜨고 있다.

숲속에서

켜켜이 쌓인
낙엽 같은 사연들을
따스한 봄바람에 불려
꽃비 내려 보내듯
묵은 땅으로 흘러 보낸다

황홀한 꿈처럼
뜨겁던 욕망의 밤 기억도
보슬보슬 봄비 맞고 선
나무 옆에 기대면
더 없이 순결해지는
이른 아침

낡은 생각의 각질들을
벗겨내며 청소하듯
숲속에 들어앉아
세월의 두께 쌓인 낙엽을 밟으며
회상에 젖어본다

어느새

하늬바람과 해후한
봄의 정령들이
숲을 헤집고 다니며
낙엽 속에 꼬옥
숨겨둔 그리움마저
끄집어내고 있다.

동전 하나로 행복했던 어린 시절

– 부산역 앞에서

기억나니 친구야
십 원짜리 구리 동전 하나로
번네기랑 쪽자 뽑기
오십 원짜리 동전 하나로
만화가 들어있는 풍선껌
백 원짜리 동전은
어린 우리에겐 큰돈이었지
기차 타고 가다 불현듯 떠오른 추억 하나
생전 처음 가는 수학여행길
부산역으로 새 운동화 사들고
부랴부랴 달려오시던 어머니
친구들 새 신발 새 옷 새 가방으로 설레일 때
사기 당해 오래 앓아누우신 엄마 걱정에
아무 말 못하고 간단히 짐 챙겨들고
잘 다녀 올게요 길을 나선
속 깊은 딸이 그리도 마음에 밟혔을까
이른 아침 아직 열지 않은 가게 문 두드리며
행여 날 놓칠까
조마조마하며 좇아오신 어머니
뒤에 선 나를 발견하고 안도의 한숨에

선녀 웃음으로 배웅해 주셨지
여행도 못간 형편 어려운 친구 생각에
삶은 달걀 삼킬 때 목 막히는 것처럼
탈렌트 닮았네요 하는 기차 손님 말 걸어와도
씁쓸히 웃어넘기던 단발머리 그 소녀
세월 따라 어김없는 눈가의 잔주름
잔잔히 떠오르는 동전 하나의 추억에
마음은 오 십원짜리 풍선껌 불듯이
팽팽히 펴져서
싱그럽게 초록으로 물들어간다.

바다

셀 수 없이 담그고 꺼내며
바람 따라 이리저리 흘러온 세월
끝없어 보이던 수평선
누군가 그어놓은 미지의 한계

오늘도 섰다
너만 보면 설레이는 마음

화가 올라와도
금방 가라앉혀주는
니 앞에선
난,
한없이 작아지는
모래알이 된다.

그대도 누군가의 첫사랑이다

한숨 쉬지 말지어다
그대도 누군가의 첫사랑이다
기쁜 맘 괴로운 맘
함께 나눌 수 없음에 슬퍼하지 말아라
이승에선 그대의 첫사랑이 지켜보고
하늘에선 태양의 미소와 비의 눈물을
내려 보내고 있으니
오늘이란 선물을 고맙게 안아들고
발걸음도 사뿐히 살아있음에
행복의 만찬을 준비하며
우연히 길을 걷다가 만난 오랜 친구도
함박웃음으로 기쁘게 반겨주고
함께 길을 걸어갈지어다.

연인

좋은 걸 어떡해
니 얼굴 볼 수 있음이
내겐 크나 큰 행운
훗날은 생각 안할 래

지금 이 순간이 소중해
좋은 걸 어떡해
손잡고 부둥켜안고
함께 노래 할 수 있으니
이 행복 가슴 깊이
도장 찍고 싶다

좋은 걸 어떡해
둘이 있음
정말 좋은 걸 어떡해
연리지나무처럼
꼬옥
붙어있고 싶다.

폭염

놓아야지 하면서도
안 놓아지던
애증의 사슬
뇌 속까지 점령하는
무더위의 공격에
흐트러진다

늘 고배를 마시던
관계의 매듭
아스팔트 위로 훅 올라오는
배신의 슬픔은 뱉어버리고
이젠 화해의 축배를 들자

어둠이 다하면 밝음 오듯
뜨거움 제 풀에 고개 숙이면
반갑게 오실 시원한 바람

이열치열로
울고 웃으며 흘린 땀방울
절망은 희망이 되고 있다.

여행

가슴에 바람 들면
어디론가 가고 있는 마음
늘 떠나고 싶어 한 그곳으로
정처 없이
좋을 때나 슬플 때나
그 발걸음
구름처럼 머물지 않고
유유히 간다
떠남은
예측불허의 새로운 탄생
사람 그리워 돌고 돌아
다시 제자리로 오면
보약 먹은 것처럼
활력이 솟는다.

제4부

사람 人, 사랑… 앞서간다

사랑이 밥이라는 외계인이 머문 자리…
버려진 손톱들은 언제나 스마일.
영화처럼 앞서 간 상상이 현실이 되는 걸 목격하다 보면
현재의 모습은 느리게 돌아가는 필름의 한 장면…
육신은 그저 어느 영혼이 사람이란 껍질을 빌려 입고
연기하는 기분이 든다.
그래 그렇게 느껴지니 일희일비 할 것도 없겠다.

연가

열려있던 마음의 빗장을
조용히 걸고
멀어져가는 그대를 보며
모래를 밟는다

바닷가 한 쪽 구석
서러움이 파도를 타며
언덕을 만들고

구멍 숭숭 뚫린
짝사랑이 수평선 너머
보름달로 둥실
떠오르는 밤

그대의 향기
밤바다에 너울대며
쏟아지는 별 같은 한숨들이
가슴까지 흠뻑 젖히는
그것은.

결핍으로 피어나는

추울라 더울라
애지중지
목마를라 꿉꿉할라
지극정성
기다리고 기다려도
꽃은 안 피우고
잎만 무럭무럭 자라더라
십여 년을 아기처럼
과보호 하다
문득 지친 주인님
한 눈 판 사이
아서라 말아라
배고파 복장 터지니
한 순간에 꽃 피워
결핍이 향기로 그윽해지네.

주름살

내 마음 애써
너에게 가지 않아도
사랑은 멈추지 않고
흐르는 강물이 되어
항상 스며들었으면 좋겠다
그렇게 시작한
젊은 날의 사랑
지금도 잔잔히 흐르는데
어느 날 물에 비친
얼굴을 보니
주름이 한 가득이라고
한숨을 내쉬던 어머니
내 눈엔 여전히 아리따운 모습인데
지나온 날들이 아쉬운 듯
눈물을 글썽이신다
주름 하나에 사랑과
주름 둘에 희생
그리고 나머지 주름살에
기쁨과 슬픔이
햇살 보다 고운 빛으로 나와
세상을 아름답게 품어주신다.

기다림이 기적이 되는 순간

기다림 끝에
좋은 날이 온다면야
쓸쓸히 지나치는 밥집
낙엽처럼 밟히는 기억의 간이역
고독한 향기를 풍기며
지나온 날들이 시들어가도
그 기다림이 별이 되어간다면야
수많은 반짝임
인고의 나날이면 또 어떠랴
기다림의 흔적이
시나브로 별로 떠서 스러져가면
수평선에 걸린
눈부신 햇살의 홀림목으로
걸어오는 당신
기다림마저 기적이 되는 순간
온 세상은
뜨거운 입맞춤 황홀한 포옹으로
정지화면이 된다.

봄비 오는 날

봄비 오는 소리에
목말라 헤매던 얼굴들
고마움에 복 받쳐
나뭇가지를 붙잡고 있다

고마움에 줄 수 있는 건
닫힌 가슴 다시 열어 제쳐
수선화 미소로 웃어 보이는 것

봄비 머금고 살 오른 벚꽃망울
팝콘처럼 토도독 웃어젖히고
목련, 동백꽃은
엄마 미소로 다소곳이 내려앉는다

그리움 차고 차올라
헝클어진 마음 자락은
봄비에 곱게 다듬어
사랑으로 세상을 적신다.

그 뜨거움으로 하여

삼월 소곤소곤 봄비 다녀가신 날
맨 처음 빛처럼 선한 하늘 빛
구름도 만기 출옥한 자유인처럼
산뜻하게 가벼운 옷으로 갈아입었다

신의 따뜻한 손길을 따라
뼈에 살이 붙기 시작한다

새롭게 사랑을 위해 전진하는 시간
순리대로 다가오는 초록 빛 속에서
뭉클 피어나는 뜨끈한 생명
두근두근 방망이질
삼라만상 첫사랑에 빠져 버렸다

어딘가에 닿고 싶은 나무 우듬지
우듬지 끝 둥지에 남아 있는
새의 솜털을 스치는 따스한 바람결
문득 칼날 휘두르던 겨울을 생각하며
나는 신나게 말 달리는 신화 같은 사람이 되어
초록 들녘을 달린다

어떤 열매

해바라기처럼
한 곳만 바라보고 싶다
눈이 부셔 와도
그대만 바라보고 싶다
햇빛 머금어 익어가는
커다란 씨앗처럼
내안에 사랑이 익어간다
가을이 되니
점점 커져만 간다.

빛깔

허공을 점령한 저 눈물겨운
빛깔 앞에
함부로 사랑을 말해선 안된다

허공을 점령한 저 눈물겨운
빛깔을
함부로 허용해선 안된다

가지마다 뼈가 보이도록 살이 튼 나무
풋내 나던 무명의 고뇌를 이겨 내고
익을 대로 익은 뜨거운 사랑을
보란 듯이 매단 늙은 감나무

아슬아슬 깊은 강을 건너온 길
오월 작은 태풍에 감꽃 뚝뚝 지던
눈물을 모아
한여름 큰 태풍에 동료들 툭툭 떨어진
뼈를 깎는 아픔을 모아 빚어낸
알알이 빛나는 열매

어디선가 허공을 뚫고
까치 몇 마리 날아와 감히
뜨거운 사랑에 부리를 댄다

허공을 점령한 저 눈물겨운
빛깔을, 늙은 감나무
다만 까치에게만 허용 하는가

옹이 진 곳에 몰래 남아 있는 생존의 흔적
사랑의 깊은 한숨 같은 바람이
늙은 감나무의 지친 몸을 토닥여준다.

가을 숲에서

융단처럼 푹신한 낙엽을 밟는다
물씬 올라오는 가을 냄새
떨어져 쌓인 낙엽두엄으로 잘 숙성된 땅
여기에
무슨 씨앗이든 뿌려 보고 싶다

묵은 생각을 벗어 던지듯 여기저기서
탁, 탁, 톡, 톡,
도토리 깍지 벗는 소리
휘익, 휘익, 숲 바람이 휘파람 불며
장단을 맞춘다
한여름 태양처럼 뜨거웠던 욕망을
땅에 묻고
나무에 슬며시 기대어 본다
더 없이 순결해지고
높게 올라간 하늘처럼 껑충 성숙해진 느낌
낡은 생각이 떨어져 땅에 깔린다
그것들
낙엽 같은 두엄이 될 수 있을까

바스락, 바스락,
낙엽들 겨울로 가야 하는 채비로
부지런히 제 몸을 버린다
뻥 뚫린 하늘에서는 목청 좋은 울음소리
꽉 막힌 눈물샘 뚫어 주는
시원한 까마귀 울음소리

인생의 파도타기

반가운 소식이 날아들 것 같은
따스한 한 낮
싱숭하게도
멜랑꼬리한 노래가 그립다

눈 가는 곳마다
아름다운 광안리 거리에서
다시 일상으로의 복귀

설렘은 모래밭에 꼬옥 숨겨두고
낯익은 편안함으로 돌아와

겨울옷들을 정리하고
빨래를 하고
밥을 짓는다

시장 아낙처럼 거칠진 않아도
또 다시 넘어야 할
주부의 고달픔은
생선비늘처럼 반짝이던

시장아낙들의 기운처럼
숨 쉬고 살테지

평소엔 순리대로
가끔은 순리를 거스르며
걸을 수 없는 다리로 걸어가고
날 수 없는 날개로 날아가는
인생의 파도타기.

사람 인ㅅ ... 그리고 사랑

비바람이 분다.
우산 하나에 사람 둘이
팔짱 끼고 어깨 감싸며
이리 휘청 저리 휘청
허나 절대 떨어지진 않는다

비바람에 모서리에 부딪혀
눈앞에 별이 뜨면
지나간 이야기의 못이
가슴 명치를 찌르고
잊혀진 기억의 수면 위로
후회의 태풍이 분다

비바람에 서로 껴안고
다시 찰싹 붙는다
못의 기억은
씻겨 내려가고
두루뭉술한 입맞춤에
착한 입김이 피어나
키득키득

어디론가 달리고 있다

사람과 사람
하나가 기울면 하나가 받쳐주는
모서리끼리 서로 틱틱 대다
둥글게 닳아져 닮아가는
사랑인 것을

비바람이 분다
사랑이 익어간다

어느 하루의 일기

그리운 마음
6월의 태양처럼
눈이 부셔 저절로 고개 넘어가면
잔잔한 호수 위로
환영으로 떠오른다

실오라기 바람 한 줄기
누에고치 집 짓듯
꽁꽁 짜매어
그 마음 숨겨놓고
성숙한 사랑으로
거듭날 때까지
던져 놓는다

털썩
주저앉아
접고 또 접은 마음이지만
꽁꽁
숨겨놓고 안 보고픈
그리움이지만

〉
마시멜로 이야기마냥
참고 또 참으면
더 큰 즐거움으로
되돌아 올거란 희망
그렇게 기다리나보다

숨겨도
숨겨지지 않아
그리운 님 오시면
안겨버릴 것 같아
멀찍이 숨어서
미소로 피어나는
희미한 초여름 어느 하루

갈팡질팡 그 마음
두어 걸음씩만 뒤에 있을게
가을 햇살 발걸음처럼
부드럽게 다가올 때까지.

아무나 시인 명찰 단다고 머라칸다

파도가 치면
파도에 흐름을 맡기듯
우리도 그러한데
아무나 시인 명찰 단다고
머라 카는 분이시여
우리 살아내는 삶의 흐름들이
노래가 되고 시가 되어
그걸 읊조리는 자유에
머라 카지 마소서

아무나 시인이 된다꼬예
아무나와 누구나가 함께 걸어갑니다
누구나 시인 되고
아무나 시인 되면
세상이 따뜻해지고 보드라와지던 데예
아무나 깡패 되는 것 보다
넘 좋잖아예

시인을 꿈꾸다
오르지 못할 나무 보듯

체념하던 과거는 잊어버리고
우리 다 함께 손잡고
시 같은 삶
소설 같은 삶
노래하며 토닥이며
살아볼래예

좀 머라 카지 마소서.

나를 닮은 그녀에게

먼 우주 어디선가
나를 닮거나 똑 같은 내가
잘 살고 있을 거라고
지금의 나처럼
울보는 아니겠지
먼저 가신 아버지의 놀림처럼
어릴 적 그 짬보는 아니겠지
우아한 발레리나처럼
아니면
고상한 공주님처럼
아주 자알 지내고 있을거라고

희망을 상실한 길바닥 인생마냥
못 마시던 술을
억지로 입에 들이 부으며
무너지고 가라앉던
가슴 시린 겨울 어느 날
지금까지 받아온
무시와 시샘
그럼에도 불구하고
여름에 태어난 아이답게

밝고 뜨겁게 웃고 다니던
철없던 긍정 천사
그 날은 죽을 만큼 못견뎌했다

이른 아침 가 본 구포장
뻥튀기 시작을 알리는
호루라기 소리에
뻥!
와자지껄 걸쭉한 할매 입담
삯이 비싸다고 옥신각신 소음
뻥 소리 더해지면서
흑백영화처럼 울고 웃는
그녀가 보였다
태어나 오십하고도
두살 더 먹으려는 찰나에
별에서 온 나를 만났다.
뻥…
이제 그녀와 함께
인생 후반기의 서막이
힘차게 열린다.

2020년 여름 국가검진 받다가...

2년마다 실시하는 국가검진
간호사 호명에
세상 어디에도 없는
착한 어린이가 된다

단 한사람 반항 없이
시키는대로 얌전한 움직임
어디를 가나 똑같다

악마 같은 코로나
시끄러운 세상
국가검진 받듯이
조용히 말 잘 들으면
좋으련만

말썽꾸러기 하나
고집을 못 버려 일탈하니
다시 춤추는 코로나
세상이 문 닫는다

여름 막바지의 그 신천지
예수 이름 더럽히고 있다.

광안리 여름 바닷가 첫 시낭송 하다

오십,
지천명,
백세시대의 딱 중간 같은
인생의 한 선을 수평선으로 긋는다.

광안대교 화려한 불빛
바다의 멋진 춤사위에
낭랑한 시 한 소절
노래로 흐르고
검은 하늘은 무더위 식혀주러
열심히 달려와 비구름 만들고
파도소리와 합주하는 악기소리에
저절로 끌려가는 마음들은
흔들흔들 신들리며
손뼉을 친다
아
인생의 한 점이
달무리 둥근 테를 그리고
하늘은
별빛 소나타로 반짝이며
응원 요술봉 그린다.

사랑이 사람에게

언제 어디서든
이슬 머금은 꽃처럼
환히 웃는 너로 인해
어둔 밤길은
보름달 조명으로
금빛 카펫트가 된다

어디서 무얼 하든
변함없는 아침햇살처럼
어둠은 안으로 삼키고
내미는 보드라운 손길
그 한 사람으로 하여
우리는
편안히 숨 쉬며 노래하는
시인이 된다

사랑이 사람에게
살아 숨 쉬게 한다.

성지곡에서 본 2020년 코로나 시국

이제는 가리는 게 익숙한
벗으면 어색한
나날의 연속

겨울 끝자락에서 발동 걸린
설마 그것이
기나긴 터널이 될 줄이야...

코로나 첫 여름 맞이하고 보니
설마가 현실이 되어버린
어이없는 발걸음이
숲을 찾는다

성지곡 수원지의
파란 하늘, 싱그러운 공기에
트이는 숨통
시대를 앞지르는
혼돈 속의 디지털 원격생활

새로운 희망이 꿈틀댄다.

기다림이 사랑에게

강준철(시인)

기다림이 사랑에게
– 조현정의 시세계

강준철(시인)

시는 독자의 것이다. 이 말은 시는 독자가 읽음으로써 완성된다는 말이다. 이것이 독자 수용론이다. 이 때 독서는 독자마다 다른 구조로 이해되며, 느껴진다. 그것은 각자의 스키마와 감수성이 다르기 때문이다. 따라서 감상에 정답은 없다. 따라서 본 해설은 필자 개인의 생각과 느낌일 뿐이다. 그리므로 참고는 될지언정 정답은 아닌 것이다. 그래서 해설이라기보다 감상 방법의 안내라고 하는 것이 더 좋을 것이다.

그렇다면 어떻게 감상하는 것이 좋을까? 그것은 비평의 방법과 같다고 할 수 있다.

그런데 비평에는 여러 가지가 있다. 어떤 비평의 방법을 선택할 것인가는 독자에게 달려 있다. 크게 보아 내재적 비평과 외재적 비평으로 가르고, 내재적 비평에는 신비평, 형식주의 비평, 구조주의 비평이 있고, 외재적 비평에는 심리비평, 원형비평, 독자반응비평, 재단비평, 사회적 비평, 역사주의 비평이 있다. 필자가 볼 때 외재적 비평은 오류를 범할 가능성이 많기 때문에 내재적 비평을 중심으로 보아야 한다고 생각한다. 그렇다면 고찰의 대상은 무엇인가? 그것은 시의 삼요소인 의미, 리듬, 이미지와 비유와 상징 등의 수사법, 그 외 시제, 어조, 퍼소나, 거리 등이라고 생각한다.

고찰의 순서는 위의 요소들을 고찰한 후 현대 서정시의 미적 기준 요소인 사물을 새롭게 보기(낯설게 하기), 모호성, 응축미 등을 살피고, 시의 구조를 살펴서 구조의 의미를 파악하는 것이다. 이와 더불어 시의 종류나 성격에 따라 효용론적 접근을 하고, 시의 진실성(사실성, 진정성)의 문제를 위해서 모방론적 관점도 고려해야 할 것이다.

이제 위에서 제시한 방법론에 따라 조현정 시인의 시들을 살펴보자.

1. 달팽이의 더듬이

제1부의 시들은 절반 이상이 연가들이다. 조현정 시인의 시들의 저변을 이루는 것은 사랑의 정서다. 그것은 달팽이의 더듬이처럼 항상 뿔을 세운다. 사랑은 인간의 가장 보편적 정서로 시의 항구성과 확장성을 담보한다.

그러면 이들 중 몇 편을 감상해 보기로 하자.

꽃이 내가 될 수 없듯/내가 꽃이 될 수 없는/사랑이란 미로의 술래잡기는/멈출 줄 모르고/온 전신을 감싸고도는/애증의 향기는/현기증 나도록 아득하여라.//안달 나서 두근대는/땅의 심장을 다독거리듯/봄비 내리고/꽃비도 내리고/그대 가슴에도/눈물이 스며드네//

참지 못하면 달아날라/달라붙으면 달아날라/이러지도 저러지도 못한 채/그저 뜨거운 불덩이를/껴안고 섰는데//진득하니 곁을 지키고 있던/그리움이/눈물이 되어 식혀준다//바람의 손길로/꽃잎 하나하나에 사랑을 담았는지/하늘의 눈물로/새순 하나하나에 사랑을 뿌렸는지//온 세상이 어머니의 웃음 같은/사랑 빛깔로 물들고/그대 가슴에도 첫사랑의 미소처럼/용서와 이해의 꽃이 피어난다.

- 「사랑」 전문

먼저 시의 의미를 파악해 보자. 이 시는 사랑의 애증관계를 표현한 것으로 보인다. 어떤 오해로 "이러지도 저러지도 못한 채 그저 뜨거운 불덩이를 껴안고 섰는데" "그리움이 눈물이 되어" 식혀준다. 그래서 대지가 사랑의 빛깔로 물들 듯 그대도 "용서와 이해의 꽃이 피어난다."는 것이다. 그다음 리듬과 이미지를 살펴보자. 리듬은 특별한 게 없고 이미지는 그렇게 선명하지 않다. 다음 수사법, 수사는 은유, 직유, 의인법 등이 사용되었으나 그것이 모호함이나 난해성을 동반하지는 않는다. 다음 인식의 갱신을 살펴보자. 〈애증의 향기, 땅의 심장〉 등이 보인다. 이 시의 이미저리는 불(불덩이)과 물(비, 눈물)의 대립구조로 짜여졌다. 여기서 이 시의 심층구조 〈불 : 물 = 미움 : 사랑〉를 볼 수 있다. 사랑을 물의 이미지로 표현하는 것을 원형적 이미지와 연관해서 이해하는 것도 재미있을 것이다. 이 시는 우리에게 어떤 걸 주는 걸까? 일단 그것은 사랑의 속성에 대한 지식과 지혜를 준다. 그리고 사랑이라는 보편적 정서가 주는 흥미(쾌감)를 우리에게 준다.

사랑의 속성을 시인은 위와 같이 이해하고 있지만, 아래의 시에서 보듯이 '사랑한다면 이들처럼…' 해야 한다고 역설한다.

봄꽃 잔치 열리는/벚꽃터널 지나가다/어깨에 앉은 꽃잎 한 장/입으로 부는 척/뒤에서 껴안고/입맞춤하고//여름 소나기 쏟아지면/하나 뿐인 우산 핑계 삼아/깔깔깔 간지럽게/입맞춤하고//노랗게 가을이 적시는 날엔/은행나무 곁에 앉아/은행잎 하나 주워/˘사랑해˘랑 하트 그려 넣으며/입맞춤 하고//첫눈 내리는 겨울날엔/약속장소로 달려와/함박눈 미소로 부둥켜안고/입맞춤하는/사랑,//사랑한다면,/이들처럼....

– 「사랑한다면, 이들처럼...」 전문

이 시는 매우 밝고, 구체적이고, 감각적이다. 이 시가 전하고자 하는 의미는 무엇인가? 그건 '사랑은 입맞춤'이라는 것이다. 전체적인 느낌이 상당히 에로틱하다. 이미지는 거의 묘사적 이미지로 연결되어 있다. 비유나 상징 등 기교는 없다. 그러나 감정의 솔직한 표현으로 진정성이 느껴진다.

이 시에서 우리가 주목할 것은 마지막 연의 문장부호의 의미이다. 왜 〈사랑, 사랑한다면〉 다음에 쉼표를 찍었으며, 왜 맨 끝에 말줄임표를 찍었을까?(그것도 좀 길게)이다. 그리고 왜 시행을 그렇게 바꾸었는지를 생각해 보는 것도 재미있을 것이다. 그리고 그 입맞춤을 사계절에 안배한 것도 유의할 필요가 있다. 다음으로 이 시가 우리에게 주는 것은 무엇인가를 생각해 볼 필요가 있다. 이 시는 의미의 이해보다 느낌을 중시해야 한다고 본다. 우리가 한 편의 시에서 반드시 위대한 사상을 이해하거나 얻어야 하는 것은 아니기 때문이다. 쾌감을 느끼기만 해도 되는 것이다.

이런 의미에서 볼 때 아래의 시도 같은 방법으로 감상하면 될 것이다.

　이 시의 시상은 비연非聯의 시이지만 내용상 4연으로 나눌 수 있다. 1연 : 그대랑 비 맞고 춤추고 싶다. 2연 : 그대랑 크단 우산 속에 꼬옥 숨고 싶다. 3연 : (그대랑)차 마시며 사랑을 속삭이고 싶다. 4연 : 그대를 만나면 나는 세상에서 제일 행복하다. 앞의 세 개의 연은 사랑의 행위이고, 4연은 그 결과로 행복감이다. 이 시는 약간의 비유가 있긴 하나 형상화라기보다 거의 감정의 진술이다. 이 시에서 우리가 주목할 것은 끝의 두 행이다. 이것이 이 텍스트가 시가 되는 이유라 할 수 있기 때문이다.

　비가 내리면/빗방울 장단에 춤추는/바닷가에 가서/그대랑 비 맞고 춤추고 싶다//비가 내리면/숲속 커단 잎에 숨어 든 풀벌레처럼/그대랑 커단 우산 속에/꼬옥 숨고 싶다//바닷가 오랜 찻집 담쟁이 넝쿨/하트 그리며 하늘 향해/기지개 켜면/우리는 창가에 앉아/차 마시며 사랑을 속삭여야지//비가 내리면/꼭 만나야 하는 연인처럼/비랑 어울리는 노래를 흥얼거리며/감미롭게 다가오는 그대 앞에 서면/나는/세상에서 제일 행복한/달팽이가 된다.

- 「비가 내리면」 전문

　사랑은 그리움이고 그리움은 기다림이다. 아래의 시는 겨울비 내리는 날 카페에서 달콤한 음료수를 마시며 몇 십 년이 지나도 소식이 없는 임을 끈기 있게 기다리는 사랑의 집착을 보여준다. 이 시에서도 사랑은 위의 시와 같이 비의 이미지로 그려짐을 주목할 필요가 있다. 비와 사랑은 어떤 관계인가?

겨울비 내리는 어느 날/…/꿈은 꿈으로 그려지고 사라지고/그리운 이의 소식은/우주여행을 꿈꾸던/그 때 그 순간에서 몇 십 년이 지나도/세상의 닭장을/박차고 나올 줄을 모르고/죽을 때 철 든다더만/죽어야 사랑이 이루어질는지/지치고 지쳐서/노래가 시가 될 런지/내가 숨어야 네가 올 런지.

-「겨울비 내리는 프라하 카페에서」 부분.

이런 사랑은 〈거울 앞에서〉는 벗과 자연에 대한 감사로, 〈감나무〉에선 어머니에 대한 사랑으로, 〈감사〉에선 조상에 대한 감사로, 〈우포늪에서〉는 참사랑으로 변주되기도 한다. 이 중에서 〈감나무〉를 보기로 하자.

코끝이 찡하게/싸한 그리움 차오르면/문득 감나무 가지사이로/하늘을 올려다본다.//풋내 나던 무명의 고뇌를/가지 쳐 내고/익어서 붉어진 대로/뜨거운 사랑을 주렁주렁 매단/나이 든 감나무의 깊은 사모곡/푸르기 그지없는/하늘 향해 손을 내민다.//푸른 눈물 떨어질 찰나/눈이 부시게 밝은/태양의 긴 장대 내려와/감 하나 툭 치니/까치 한 쌍이 날아와/훔쳐 먹는다//마디마다 고여 있는/생존의 흔적들/어머니 깊은 한숨 같은 구름이/떨어지는 감잎 타고/세상을 비워내고 있다.

-「감나무」 전문

이 시에서 우리가 주목해야 할 것은 인식의 갱신이다. 그것은 2연의 1,2행과 4,5행, 3연의 1행과 3,4행, 4연의 3행, 5행이다. 특히 3연의 3,4행은 놀라울 정도로 신선하다. 감이 떨어지는 것을

"태양이 긴 장대로 감을 툭 쳤다"고 표현한 것은 신화적 발상으로 대상과 자아가 교감 상태를 보여주는 것으로 독자에게 충격적 쾌감을 선물하는 것이다. 시를 읽는 재미는 이러한 인식의 갱신에 있다. 그런데 이런 인식의 갱신이 한 곳이 아니라 여러 곳에 포진되어 있다는 점이 이 시의 우수함을 담보한다.

이와 같은 신선한 인식의 갱신과 감각적 표현이 뛰어난 또 한 편의 시를 그냥 지나쳐선 안 된다.

바다로 간 고독이/에스프레소로 드러누워/하얀 크림으로 이불 덮으면/동장군이 옛 이야기/데려 오더라//계절이 여러 번 고이느라/눅눅해진 옷장/뽀송히 말리느라/11월이 분주해지면/낮게 내려 앉아 도망가는/햇살의 꼬리 붙잡아오더라//시린 손 호호 불며/붕어빵 사연을 입에 넣으면/첫사랑 이야기로 수다 떠는/텅 빈 벤치 위 낙엽들/겨울이/그립다고 느닷없이 오더라.

– 「입동」 전문

입동 무렵의 겨울의 풍경을 이처럼 재미있게 표현한 시도 드물지 않을까 생각한다. 이 시의 의미를 산문식으로 적어보면 다음과 같다. 내가(화자) 외로워서 바닷가 커피점에서 에스프레소 한 잔을 마시며 겨울을 예감한다. 주부는 눅눅해진 오래된 옷을 말리느라 도망가는 햇살의 꼬리라도 붙잡아올 정도로 바쁘다. 겨울을 알리는 붕어빵을 사먹으니 낙엽들이 뒹굴더라는 것이다. 이런 평범한 일상의 소재를 의인법을 사용하여 관념을 살아 있는 이미지로 바꾸고 재미있는 이야기로 꾸며낸 솜씨는 놀랍다. 무엇보다 이미지들이 매우 감각적이고 신선하다는 것 – 이것이 우리에게 쾌감을 준다. 또 한 가지 주목할 것은 어조이다. 각 연마다 "~하면, ~오더라"로 표현된 어조다. '-더-'는 회상보조어간이다. 이것은 현재에 일어나고 있는 어떤 사실을 누구에게 과거를 회상하듯이 이야기하는 역할을 한다. 이것은 구어체의 부드러움과 아늑함, 친근감을 느끼게 하는 효과가 있다. 사실을 당연한 것으로 강조하는 느낌도 준다. 어조를 살피는 것도 시 감상의 한 방법이다. 탁탁 끊어지는 리듬도 맛볼 일이다.

2. 설렘의 음표들

2부는 계절에 따라 일어나는 정서를 시화하고 있다. 봄이 가장 많고 겨울이 가장 적다. 봄이 겨울에 비해 훨씬 많다는 것은 무엇을 의미하는가? 시인이 봄을 더 좋아한다는 뜻도 되겠지만 봄이 상징하는 그 무엇을 그리워한다는 뜻도 될 것이다. 이 중 보다 맛있는 시 네 편을 살펴보자.

> 이 봄/꽃잎 낱알들이 눈처럼 떨어지니/붕 떠 있던 마음/내려앉는다/그 동안 걸어 온 길/되돌아보게 하는/가슴 처연한 낙화/꽃처럼 스러져 가는/우리의 젊음/아픈 다리, 허리 쭉 펴고/디뎌보는 오늘/다시 꿈이 핀다//연둣빛 새잎이 돋는 줄은/나도 몰랐다.
>
> – 「꽃피는 봄 사월」 전문

이 시는 전반의 처연하고 안타까운 정서가 후반에 오면 기쁨으로 바뀐다. 왜 그렇게 되는가? 왜 "아픈 다리, 허리를 쭉 펴게 되고, 다시 꿈이 피는"가를 곰곰이 생각하는 것이 이 시를 이해하는 초점이 될 것 같다. 그 해답은 2연에 있다. 이 시의 미적 쾌감은 비유에서 오지 않는다. 그것은 인식의 갱신에서 온다. 그것은 1연의 끝 부분에 있다. 그리고 화자의 새로운 인식(깨달음)이 주는 신선함에서 온다. 그리고 그것은 도치법으로 구성되어 있어 더욱 효과적이다. 이 시의 구조를 파악하는 것이 핵심이다. 그것은 〈슬픔 : 기쁨 = 사라짐(滅) : 태어남(生) = 하강 : 상승 = 절망 : 희망 = 죽음 : 삶〉의 대립체계로 볼 수 있을 것이다.

그리움 눈 둘 데 없어/오랜 절 뜨락에 내려 앉아/차디찬 하늘 향해/혈관으로 애달프게 나르는 순정/의연히 다리 버티며/열정도 퍼 올리고/참았던 눈물의 촛농은/알알이 기도가 되어/팝콘처럼 퍼질러지던/어느 날/비로소 벙그는 분홍빛 환희/봄이 왔노라/대지가 풍악을 울리면/분홍빛 쓰개치마 두르고/고개 내미는 여인들.

-「홍매화 1」 전문

우선 이 시의 시어들이 신화적 언어라는 것을 주목하자. 리듬은 '순정, 환희, 여인들'과 같은 명사들로 호흡을 끊어서 쉼을 주었다는 점에 주목하자. 이미지는 시각적 이미지가 중심이 되고 있지만 그렇게 신선한 것은 아니다. 수사는 전체적으로 의인법을 사용하였고, 직유와 은유가 부분적으로 사용되었지만 의미의 모호성을 가져오지는 않는다. 이 시의 시다움은 "분홍빛 쓰개치마를 두르고 고개를 내미는 여인들"이라는 이 한 구절에 있다. 이러한 낯설게하기가 우리에게 미적 쾌감을 주기 때문에 이 시가 좋은 시가 되는 것이다. 물론 의미상으로 한 송이의 매화가 피기 위해서는 그리움으로 하늘을 향해, 순정을 바치고, 열정을 퍼 올리고, 지칠 정도로 눈물의 기도를 한 끝에 비로소 핀다는 이치 – 지혜와 교훈을 준다는 점도 이시가 좋은 시가 되는 이유가 된다고 할 수 있다.

> 내게도 향기가 있는 줄 몰랐다/아픔 먹고 돋아난 가시/누가 다가와도 철벽 치느라/내게도 향이 나오는 줄 몰랐다//얼마나 더 많이 아파하고/얼마나 더 많이 외로워야/절로 돋은 가시 부드러워질까/오월 푸른 하늘에/새 잎 더욱 색을 더해 가고/꽃잎은 고독해서 아름다워라//엄마 품 생각나는/숲속 옆구리에 모른 척/그리운 임 떠올리며/아찔한 향으로 하늘 찔러 보는/새침 떼기.
>
> – 「찔레꽃 2」 전문

자아의 재발견 – 가시만 있는 줄 알았던 내게 향기가 있는 줄을 발견한 것이다. 그래서 임을 떠올리며 하늘을 찔러 보는 것이다. 이 때 하늘은 하늘이 아니라 임이라고 보는 게 좋을 것이다. 그 임을 그리는 '새침 떼기'가 바로 화자 – 시인이라고 해석해도 좋을 것이다. 이 시의 기본적 수사는 의인법이다. 그리고 '철벽, 가시, 향기' 등의 상징과 10행의 역설법, 그리고 은유법 등 다양한 수사가 전체에 어떻게 봉사하가를 생각해야 한다. 또한 전반부에서는 1인칭 고백체, 후반부에서는 삼인칭 관찰자로 시점이 바뀌는 것도 주목할 필요가 있다. 이 시에서 가장 주목해야 할 점은 바로 낯설게 하기이다. 그것이 우리에게 쾌감을 주기 때문이다. 그것은 10행과 13행~15행에 있다.

> 하늘 우편함에서/가을 노래가 들려온다//가만히 다가가/손을 뻗으면/달리기만 하지말고/멈추어도 보라고/양떼구름이 쉼표처럼/가

슴 간질인다//살짝 예뻐진 은행나무/은행 음표를 흔들며/합창하면
/포플러 햇살 장단에/어깨 춤 반짝인다//가을이 오는 문턱/가슴 깊
이 박힌/어머니 못다한 사랑 노래/익어가는 벼로/황금빛 수채화를
그린다.

- 「가을의 문턱에서」 전문

이제 가을의 서정을 맛보자. 1, 2연에서는 하늘이 주는 정서로
노래(즐거움)와 성찰(멈춤의 중요성)의 느낌을 나타내고 있고, 3연은 지
상의 조화(은행나무는 합창하고, 포플러는 춤을 추는)의 세계가 주는 유쾌하
고 안락한 정서로, 4연은 이 자연이 주는 은혜에 어머니의 은혜가
겹쳐지면서 어머니를 사랑하고 감사하는 정서를 맛볼 수 있다. 의
도한 것인지 아닌지는 모르지만 이 시의 구성은 1, 2연은 하늘(天),
3연은 땅(地), 4연은 사람(人)으로 삼재三才에 딱 맞게 구성되어 이
시의 의미구조인 천·지·인의 화합을 잘 표현하였다는 점 즉 구
성의 묘미를 즐겨야 한다는 것이다. 거기에다가 인식의 갱신(1연, 2
연의 4,5,6행, 3연의 2행과 4,5행, 4연의 4,5행에 나타나 있는)을 즐겨야 한다. 관
념의 형상화가 주는 황홀감은 충분히 크다.

3. 뒤에서 꽈악 안아주는 이음줄

3부에 오면 시의 주제나 소재가 다양하게 확장됨을 알 수 있다.
여행, 이별, 무욕, 윤회, 수화, 바다, 숲, 행복, 화해, 희망 등. 이
중 몇 편을 감상해 보자.

얼마나잘놀다가시길래/작별인사한마디없이/홀쩍가십니까/…/그

리움이뭔지/이별이뭔지/애써안가르쳐줘도됩니더/뭐한다꼬일부러
/놀래키고가십니까/…/가슴에한겹두겹/철갑나이테로두른채/오직
/그대미소만생각할랍니다.//

- 「이별 1」 부분

이별의 시가 두 편 있는데 이 시는 시어가 사투리로 되어 있고
뛰어 쓰기도 되어 있지 않은 특이한 형태를 띄고 있다. 행 구분은
되어 있다. 먼저 왜 투박한 경상도 사투리로 이별의 정서를 나타냈
을까를 생각해 보는 게 좋을 것이다. 어조에서 어떤 미감을 느껴야
한다는 말이다. 1,2행과 6~8행의 역설적 표현도 주목할 사항이
다. '뭐 한다고 일부러 놀라게 하느냐'는 '그래도 오직 그대 미소만
생각하겠다'는 일편단심 같은 강렬한 사랑의 의지는 표준말보다
사투리로 했을 때 훨씬 더 강렬하다. 이에 비하여 〈이별 2〉는 이
별의 아픔을 노래하며, "본래부터 없었던 거라 돌이켜 생각하니"
눈물방울이 오히려 영양제가 된다는 식의 진술 위주의 시로서 아
픔을 성장의 밑거름으로 삼는 지혜를 준다.

언제쯤 멈추어질까/가슴 아려오는 사모곡/숨이 턱에 차도록/달려
온 나날들이 눈에 선한데/자꾸만 밀어내는 가을/깊게 박힌/애증의
사리를 떨구려고/천의 얼굴을 가진 바람 따라/길을 나서네//푸르렀
던 젊은 날의 열정/노을처럼 사위면/끝내 다 비워 낸/노란 무욕의
보드라운 손짓/가야할 때가 언제인가를/아는 사람처럼/햇살을 닮
은 미소로/보고도 못 본 척/듣고도 못 들은 척/화석 같은 사연들로/
사뿐히 내려앉는다.//

- 「은행나무 옆에서」 전문

이 시에서 우리는 은행나무를 바라보면서 화자가 무엇을 생각하는가를 따라가 보아야 한다. "애증의 사리를 떨구려고 천의 얼굴을 가진 바람 따라 길을 나선다"는 것의 의미를 이해해야 한다. 사모곡에서 사모의 대상이 무엇인지도 알아야 한다. 결국 모든 것은 '무욕'에 집중된다. 비우고, 감각의 세계에 초연해지는 무심의 경지 즉 해탈에 이르는 것이다. 첫머리에서는 조급함도 보이지만 미소를 띠고 사뿐히 내려앉는 은행잎처럼 방하착하는 것이다. 이런 문맥에서 볼 때 '햇살을 닮은 미소'의 의미는 절로 열리게 된다.

이 시의 감상은 리듬이나 이미지, 시적 장치보다 의미 이해에 중점을 두어야 할 것 같다. 그러나 이 시를 빛나게 하는 〈애증의 사리, 노란 무욕의 보드라운 손짓, 햇살을 닮은 미소, 화석 같은 사연들〉 같은 인식의 갱신도 눈여겨보아야 할 것이다.

이 시를 읽으며 우리는 "나는 어디로 가고 있는가?"라는 질문을 스스로에게 던지고 있음을 발견한다. 시가 어떤 해답을 주는 것도 중요하지만 이런 근원적인 질문을 하도록 만드는 것이 더 중요한 일이 아닐까한다.

그런데 이 시와 좀 대조적이 시가 있어 살펴보기로 하자.

좋은 걸 어떡해/니 얼굴 볼 수 있음이/내겐 크나 큰 행운/훗날은 생각 안할 래//지금 이 순간이 소중해/좋은 걸 어떡해/손잡고 부둥켜 안고/함께 노래 할 수 있으니/이 행복 가슴 깊이/도장 찍고 싶다//좋은 걸 어떡해/둘이 있음/정말 좋은 걸 어떡해/연리지나무처럼/꼬옥/붙어살고 싶다.

– 「연인」 전문

본능을 감추거나 억제하지 않고 솔직하게 드러낸 시이다.

이런 시를 어떻게 평가해야 할까? 이런 직설적인 표현을 어떻게 이해할 것인가? 나는 이처럼 사랑의 감정을 자신을 속이지 않고 솔직하게 말할 수 있는가? 그런 용기가 있는가? 본능에 충실한 것이 반드시 나쁜 것인가? 사랑에 남을 의식할 필요가 있는가? 그것이 남에게 피해를 주지 않는 한. 그것이 진심이라면? 특히 현대 젊은이들의 애정관에 비추어 볼 때 이 시와 같은 표현을 낮게 평가할 수 있는가? 등등의 의문을 품어 볼 필요가 있다.

살다 지쳐 눕고만 싶어질 때/걷다 지쳐 앉고만 싶어질 때/스르르 눈 감겨오며/물 적신 솜보다/세상이 더 무거울 때/하늘빛, 물빛으로 걸어오는 너/방금 건져 올린/싱싱한 새벽 공기 머금은/행복한 심장/꽃술로 정화수 콩나물을 만들어/분홍빛 설레임으로 연주 하면/아/등 뒤에서 꽈악 안아주는 이음줄//너는 나의 교향악/너는 나의 봄.

– 「너는 나의 봄」 전문

이 시에서 우리는 예술을 예술답게 하는 장치 즉 문학적 기교에 대해서 주목해야 할 것이다. 이 시에는 비교법, 활유법, 은유법이 사용되었는데 은유법이 가장 많고 뛰어나다. 이러한 비유적 이미지가 이 시를 신선하게 만든다. 그리고 그것들은 인식의 갱신과 겹쳐져서 더욱 신선한 쾌감을 준다. 이 시에서 맛볼 핵심은 바로 이것이다. 특히 "등 뒤에서 꽈악 안아주는 이음줄"이라는 표현은 매우 새롭고 뛰어난 표현이다.

세파에 지친 한숨이/책장을 넘기며/책 속을 적시는 날/안경너머로

혹 들어 온/손으로 말하고 듣기/순간이동으로/나는 행복의 강을 건
넜다//번뜩이는 지혜의 샘을 지나/다다른 경건한 세상/손꽃으로 소
곤소곤/눈빛으로 초롱초롱/아파도 아름다운/속삭임.

- 「수화」 전문

여기서 우리는 '책 읽기'와 '수화'가 무엇을 상징하는지에 관심을
가져야 한다. 그것은 관념의 세계와 실제의 세계가 아닐까? 또한
전자는 근심의 세계이고, 후자는 행복의 세계이다. 전자는 무의미
한 생명 없는 기호의 세계이고 후자는 구체적이며 살아 움직이는
감각의 세계이다. 어느 것이 실재인가? 관념의 세계가 아닌 있는
그대로의 세계를 볼 때 인간은 대상과 동일성을 회복하고 행복감
을 느낀다. 따라서 이 시는 이런 철리를 기호와 수화라는 대조적인
언어를 통하여, 활유법과 은유법의 기교를 활용하여 잘 표현하고
있다. 특히 "훅 들어온, 순간 이동으로 행복의 강을 건넜다, 번뜩
이는 지혜의 샘을 지나 다다른 경건한 세상, 손 꽃, 아파도 아름다
운 속삭임." 등의 표현은 매우 뛰어난 표현으로 우리에게 신선함
과 경이감을 준다.

이 외에 「바람 부는 들녘에서」, 「윤회의 강」, 「그대도 누군가의 첫
사랑이다」도 3부에서 눈에 띄는 작품들이다.

4. 눈부신 햇살의 홀림목

4부에도 사랑에 관한 시가 많지만, 시인의 관심은 가족, 친구,
사회, 인생 등으로 확대된다.

그 중에서 몇 편을 골라 읽기로 하자.

기다림 끝에/좋은 날이 온다면야/쓸쓸히 지나치는 밥집/낙엽처럼 밟히는 기억의 간이역/고독한 향기를 풍기며/지나온 날들이 시들어가도/그 기다림이 별이 되어간다면야/수많은 반짝임/인고의 나날이면 또 어떠랴/기다림의 흔적이/시나브로 별로 떠서 스러져가면/수평선에 걸린/눈부신 햇살의 홀림목으로/걸어오는 당신/기다림마저 기적이 되는 순간/온 세상은/뜨거운 입맞춤 황홀한 포옹으로/정지화면이 된다.

– 「기다림이 기적이 되는 순간」 전문

이 시의 의미는 고진감래처럼 기다림이 기적이 되기를 갈망하는 마음이다. 힘든 기다림의 끝에 나에게 사랑이 오고, 기다림마저 기적이 되면 세상은 뜨거운 입맞춤, 황홀한 세상이 될 것이라는 이야기다. 이미저리를 보면, 〈쓸쓸히 지나치는 밥집, 낙엽처럼 밟히는 기억, 고독한 향기, 시들어가도, 인고〉 등 부정적 이미지와 〈별, 반짝임, 수평선, 눈부신 햇살, 홀림목, 뜨거운 입맞춤, 황홀한 포옹〉 등의 긍정적 이미지로 짜였다. 전반부는 어둡고 후반부로 갈수록 밝아진다. 시나리오의 페이드 아웃처럼. 결말은 '입맞춤, 포옹'으로 끝난다. 심층구조는 〈어둠 : 밝음〉의 대립체계다. 직유, 은유, 상징, 설의법 등의 다양한 수사법이 이 시를 함축성과 다의성을 가진 입체적인 시로 만들고 있다. 특히 '누부신 햇살의 홀림목'의 공감각적 표현은 뛰어나다. 그리고 마지막 3행에 나타난 낯설게 하기는 이 시를 더욱 빛나게 하는 요소가 된다.

비바람이 분다./우산 하나에 사람 둘이/팔짱끼고 어깨 감싸며/…/ 절대 떨어지진 않는다//비바람에 모서리에 부딪혀/…/지나간 이야기의 못이/가슴 명치를 찌르고/잊혀진 기억의 수면 위로/후회의 태풍이 분다//…/못의 기억은/씻겨 내려가고/두루뭉술한 입맞춤에/착한 입김이 피어나/…/어디론가 달리고 있다//…/모서리끼리 서로 틱틱 대다/둥글게 닳아져 닳아가는/사랑인 것을//비바람이 분다/사랑이 익어간다

– 「사람 인人 … 그리고 사랑」 부분

이 시의 의미는 비바람(고난, 시련, 고통 등)에 모서리(개성, 고집, 자기애, 자존심 등)끼리 틱틱 대다 둥글게 닳아가는 것이 사랑이라는 것이다. 인생이란 비바람 속에서 사랑이 익어가는 것이라는 교훈을 얻을 수 있다. 비바람과 모서리의 상징성에 주목하자.

이미지러리를 보면, 〈비바람, 태풍, 못, 모서리〉 등의 부정적 이미지와 〈팔짱, 감싸며, 껴안다, 입맞춤, 착한 입김, 받쳐 주는, 둥글게〉 등의 긍정적 이미지의 대조를 보인다. 구성은 〈화합(1연) – 분열(2연) – 화합(3연) – 종합(4연)의 변증법적 구성을 보인다. 수사법은 상징과 은유가 중심이다.

낯설게 하기는 〈지나간 이야기의 못, 기억의 수면, 못의 기억, 모서리끼리 서로 틱틱 대다〉에 나타난다. 이런 인식의 갱신에서 쾌감과 교훈을 동시에 얻게 된다. 이게 감동이다.

먼 우주 어디선가 /나를 닮거나 똑 같은 내가/잘 살고 있을 거라고/…/우아한 발레리나처럼/고상한 공주님처럼 아주 자알 지내고 있을거라고//…/못 마시던 술을/억지로 입에 들이 부으며/무너지고 가라앉던/가슴 시린 겨울 어느 날/…/그 날은 죽을 만큼 못견뎌했다//이른 아침 가 본 구포장/…/흑백영화처럼 울고 웃는/그녀가 보

였다/…/별에서 온 나를 만났다/뻥…/이제 그녀와 함께/인생 후반기의 서막이/힘차게 열린다.//

– 「나를 닮은 그녀에게」 부분

시상을 정리해 보면, 다음과 같다.

1연 : 똑 같은 내가 먼 우주 어디에 공주처럼 잘 살고 있으리라고 상상(이상적인 자아)

2연 : 무시와 시샘에도 밝게 웃던 긍정의 천사도 견디기 힘든 현실.(현실적 자아)

3연 : 울고 웃는 힘들게 사는 구포장 할매를 보고, 별에서 온 나를 만났다.(다시 발견한 진정한 자아)

따라서 이 시는 자기완성을 추구하는 시라고 할 수 있다. 그것이 변증법적 발전을 하고 있다. 구성 또한 그렇다. 리듬과 이미지에 대해선 주의할 만한 것이 없다. 다만, 〈가슴 시린 겨울 어느 날, 흑백영화처럼 울고 웃는, 별에서 온 나〉 등의 약간은 낯선 표현을 즐기면 될 것이다. 의미에 집중해야 할 시이다.

…/떨어져 쌓인 낙엽두엄으로 잘 숙성된 땅/여기에/무슨 씨앗이든 뿌려 보고 싶다//묵은 생각을 벗어 던지듯 여기저기서/탁,탁,톡,톡,/도토리 깍지 벗는 소리/휘익, 휘익, 숲바람이 휘파람 불며/장단을 맞춘다/…/낡은 생각이 떨어져 땅에 깔린다/그것들/낙엽 같은 두엄이 될 수 있을까//바스락, 바스락,/낙엽들 겨울로 가야 하는 채비로/부지런히 제 몸을 버린다/뻥 뚫린 하늘에서는 목청 좋은 울음소리/꽉 막힌 눈물샘 뚫어 주는/시원한 까마귀 울음소리.//

– 「가을 숲에서」 부분

이 시의 시상을 정리해 보면, 1연은 낙엽두엄으로 잘 숙성된 땅에 무슨 씨앗이든 뿌려 보고 싶다. 2연은 낡은 생각이 두엄이 될 수 있을까? 3연은 낙엽들이 제 몸을 버리는 걸 보고 꽉 막힌 눈물샘 뚫어 주는 시원한 까마귀 울음소리가 듣는다.

이 시에서 주목할 점은 죽음과 재생의 원형적 이미지를 사용하였다는 것이다. 낡은 생각을 버리고 새로 태어나고 싶은 욕망을 표현했기 때문이다. 따라서 심층구조를 죽음과 재생의 대립체계로 볼 수 있다. 수사법을 보면, 상징, 직유, 의인법, 환유법 등을 사용하였다. 여기서 까마귀 울음소리는 번민이나 갈등의 카타르시스를 상징한다. 2연의 1~4행에 나난난 감각적 표현과 "낡은 생각이 떨어져 땅에 깔린다"와 "목청 좋은 울음소리/꽉 막힌 눈물샘 뚫어 주는/시원한 까마귀 울음소리."의 인식의 갱신을 맛볼 만하다. 특히 우리의 편견(까마귀를 흉조로 보거나 그 울음소리를 불길한 것으로 인식하는)을 깨는(시원한 울음소리로 보는) 인식의 갱신이 좋다.

허공을 점령한 저 눈물겨운/빛깔 앞에/함부로 사랑을 말해선 안된다//…풋내 나던 무명의 고뇌를 이겨 내고/익을 대로 익은 뜨거운 사랑을/보란 듯이 매단 늙은 감나무//아슬아슬 깊은 강을 건너온 길/오월 작은 태풍에 감꽃 뚝뚝 지던/눈물을 모아/한여름 큰 태풍에 동료들 툭툭 떨어진/뼈를 깎는 아픔을 모아 빚어낸/알알이 빛나는 열매//…/허공을 점령한 저 눈물겨운/빛깔을, 늙은 감나무/다만 까치에게만 허용하는가//옹이 진 곳에 몰래 남아 있는 생존의 흔적/사랑의 깊은 한숨 같은 바람이/늙은 감나무의 지친 몸을 토닥여준다.//

― 「빛깔」 부분

이 시의 의미는 홍시를 눈물과 고뇌와 아픔을 모아 빚어낸, 빛나는 열매 - 뜨거운 사랑 다시 말해 고귀한 사랑에 비유하고 이를 아무에게나 함부로 허용해서는 안 된다는 것이다. 그리고 이러한 사랑을 이룩한 늙은 감나무를 칭송한다. 늙은 감나무를 힘든 수행의 결과 득도한 나이 많은 수도승으로 상징하고 있다. 이미저리를 보면, 〈눈물, 허공, 살이 튼, 풋내 나던, 깊은 강, 태풍, 아픔, 옹이, 한숨 : 빛깔, 사랑, 익은, 뜨거운, 늙은, 빛나는〉의 대립으로 짜였다. 그것은 부정적인 것과 긍정적인 것의 대립이고, 달리 보면 〈미숙 : 성숙 = 어둠 : 빛〉의 대립체계다. 이 시에서 우리가 맛볼 것은 비유와 인식의 갱신에서 오는 쾌감이다.

〈눈물겨운 빛깔〉의 은유, 〈허공, 깊은 강, 태풍〉 등의 상징법, 3연과 끝 행에 나타난 의인법 등을 음미하고, 1연 1행과 3연 1, 2, 3행의 인식의 갱신을 맛보아야 할 것이다. 아울러 고귀한 것은 모두 쉽게 얻어지는 것이 아니라는 교훈을 얻을 수도 있다.

이상으로 감상 안내를 마친다. 이상은 필자의 편견일 수도 있고, 부족하고, 많은 오류를 내포했을 수도 있다. 다만 시를 존재론적으로 보려고 했다는 점을 말하고 싶다.

조현정 시인이 이 시집 이후 더 좋은 시를 쓸 것이라는 기대가 크다. 힘들었을 시간을 위로하며 시인의 첫 시집 『지금 보고 싶다』 발간을 축하한다.